Ali-Baba et les quarante voleurs

Albert Robida

édition illustrée (1945)

LES MILLE ET UNE NUITS
ALI-BABA
et les
Quarante
Voleurs
Illustrations de
A. ROBIDA
Imagerie Merveilleuse de l'Enfance — Paris

ALI-BABA

et les Quarante Voleurs

———————*———————

Il y avait une fois, dans une ville de Perse, deux frères nommés Kassim et Ali-Baba. Kassim était riche tandis qu'Ali-Baba était pauvre. Pour gagner sa vie et celle de ses enfants, il allait couper du bois dans la forêt voisine, et le ramenait à la ville, pour le vendre, chargé sur trois ânes qui constituaient toute sa fortune.

Un jour Ali-Baba achevait de couper sa charge de bois lorsqu'il distingua une troupe de cavaliers qui s'avançaient dans sa direction. Craignant d'avoir affaire à des voleurs, il abandonna ses ânes et monta sur un gros arbre touffu.

Les cavaliers mirent pied à terre, ils étaient quarante. Le chef de la bande se dirigea vers un rocher situé près du gros arbre où Ali-Baba s'était réfugié, écarta les broussailles et prononça :

« Sésame, ouvre-toi ! » Aussitôt, une porte s'ouvrit, les brigands s'y engouffrèrent, le chef entra le dernier et la porte se referma sur lui.

Après un bon moment, la porte se rouvrit, livrant passage aux quarante voleurs. Quand ils eurent tous défilé, le chef dit solennellement : « Sésame, referme-toi ! » Et la porte se referma.

Sur ce, chacun enfourcha son cheval, et la bande disparut. Aussitôt Ali-Baba quitta sa cachette, écarta les broussailles et découvrit une porte. Il se rappelait la phrase magique :

« Sésame, ouvre-toi ! » prononça-t-il.

Instantanément, la porte s'ouvrit et Ali-Baba aperçut une immense grotte, emplie de marchandises et surtout de pièces d'or et d'argent empilées dans de grands sacs de cuir. Sans perdre de temps, il réunit autant de sacs d'or que pouvaient en porter ses trois ânes. Quand ils furent chargés, il prononça la formule magique :

« Sésame, referme-toi ! « Et la porte obéit.

Content de son aubaine, Ali-Baba revint chez lui et, devant sa femme, vida le contenu des sacs, qui fit un gros tas d'or. Celle-ci désireuse d'évaluer ce trésor, alla demander à la femme de Kassim de lui prêter une mesure ; mais cette dernière désireuse de savoir quelle sorte de grain la femme d'Ali-Baba entendait mesurer, enduisit le dessous de la mesure d'une légère couche de suif.

En rentrant chez elle, la femme d'Ali-Baba posa la mesure sur le tas d'or, qu'elle se mit en devoir d'évaluer, puis, reporta celle-ci à sa belle-sœur. Le premier soin de la femme de Kassim fut de regarder le dessous de la mesure ; et quelle ne fut pas sa surprise en voyant une pièce d'or attachée à la couche de suif. Son mari ne fut pas plus tôt auprès d'elle qu'elle le mit au courant de sa découverte. Aussitôt Kassim alla trouver son frère qui, cédant à son bon naturel, l'instruisit des paroles indispensables pour pénétrer dans la grotte et pour en sortir.

Le lendemain, de bon matin, Kassim quitta sa maison avec toute une troupe de mulets chargés de grands coffres pour s'emparer du trésor. « Sésame, ouvre-toi ! » prononça-t-il quand il eut trouvé la porte. Elle s'ouvrit, puis se referma dès qu'il fut entré.

Kassim tomba dans une profonde admiration, en face des richesses accumulées en ce lieu. Puis s'emparant d'autant de sacs d'or monnayé qu'il put en porter, il se dirigea vers la porte pour sortir, mais il ne se souvint plus de la phrase exacte et dit : « Orge, ouvre-toi ! »

La porte ne s'ouvrit pas. Kassim en conçut un tel effroi qu'il lui fut impossible de retrouver le mot magique. Soudain, il perçut le bruit d'un galop de chevaux. Il s'avança tout près de la porte et, dès qu'elle s'ouvrit, sortit si brusquement qu'il renversa le chef des voleurs ; mais les brigands se jetèrent sur lui, et l'exterminèrent sans pitié. Ils pénétrèrent ensuite dans leur repaire et remirent en place les sacs abandonnés par Kassim, sans s'apercevoir qu'il en manquait d'autres. Puis, ils coupèrent en quatre le cadavre et retournèrent à leurs exploits.

Dans cette grotte étaient entassées des quantités de marchandises et des montagnes de pièces d'or…

Cependant, à la nuit close, la femme de Kassim, ne voyant pas revenir son mari, s'alarma et alla chez Ali-Baba qui partit immédiatement avec ses trois ânes. En arrivant près du rocher, il aperçut une large tache de sang devant la porte. Il prononça les paroles miraculeuses, la porte s'ouvrit et il vit le corps de son frère affreusement dépecé. Il réunit ses restes en deux paquets, qu'il chargea sur un de ses ânes, en les dissimulant avec du bois. Sur les deux autres bêtes, il mit des sacs pleins d'or, et reprit le chemin de la ville.

Il laissa à sa femme le soin de décharger les deux ânes qui portaient l'or et conduisit le troisième chez sa belle-sœur. Il fut reçu par Morgiane, une

esclave adroite et ingénieuse.

Ali-Baba, devant sa femme, vida le contenu des sacs.

— Morgiane, lui dit-il, ces deux paquets renferment le corps de ton maître, et cependant il faut que nous le fassions enterrer comme s'il était mort de sa belle mort.

L'esclave alla aussitôt chez un apothicaire, pour chercher une certaine tablette au pouvoir souverain dans les maladies les plus dangereuses.

— Qui donc est souffrant chez votre maître ? demanda l'apothicaire.

— Hélas, répondit-elle, en soupirant profondément, c'est mon bon maître, Kassim lui-même, il ne parle plus, ne mange plus, et personne ne comprend rien à sa maladie !

Le lendemain, Morgiane revint chez ce même apothicaire et demanda un remède qu'on ne donne qu'aux mourants. D'autre part, on vit Ali-Baba et sa femme aller et venir de leur maison à la maison de Kassim, et leur attitude décelait une grande affliction. On ne fut donc pas surpris outre mesure, vers le soir, en entendant les cris lamentables de la femme de Kassim et surtout de Morgiane, qui faisaient connaître ainsi la mort de leur maître.

À l'aube du jour suivant, l'esclave alla trouver un vieux savetier, Baba-Mustafa, dont la boutique était toujours ouverte avant toutes les autres, et le conduisit chez Kassim, après lui avoir bandé les yeux à mi-chemin. Elle ne retira le mouchoir que dans la chambre où gisait la dépouille de son maître.

La femme d'Ali-Baba se mit en devoir d'évaluer le tas d'or.

— Baba-Mustafa, dit-elle alors, je vous ai amené ici pour coudre les quatre pièces que voilà. Dépêchez-vous, quand vous aurez terminé, je vous donnerai trois pièces d'or.

Quand le travail fut achevé, elle recommanda à Baba-Mustafa de garder le secret, lui rebanda les yeux et l'accompagna jusqu'à l'endroit où elle lui avait mis le mouchoir en l'amenant. Là, elle ôta le bandeau et laissa aller le vieillard.

Le corps de Kassim fut enseveli avec le cérémonial habituel et, quelques jours plus tard, Ali-Baba s'installa dans la maison de son frère.

Une pièce d'or était attachée à la couche de suif.

Quand les quarante voleurs revinrent à leur repaire, ils furent désagréablement surpris en s'apercevant que le corps de Kassim avait disparu et que le nombre de leurs sacs avait sensiblement diminué.

— Le voleur que nous avons châtié n'était pas le seul à connaître notre secret, dit le chef des brigands. Il faut donc qu'après avoir exécuté l'un nous exécutions l'autre. La mort étrange de celui que nous avons exterminé n'a pas dû passer inaperçue dans la ville, il faudrait donc recueillir les bruits qui circulent à ce sujet, savoir le nom de notre victime et connaître sa demeure. Celui de vous qui se chargera de cette tâche délicate devra se soumettre à la peine de mort, dans le cas où il commettrait une erreur capable de causer notre ruine à tous.

Aussitôt l'un des brigands s'avança et se déclara prêt à entreprendre cette enquête. Il se déguisa et gagna la ville, où il entra au petit jour. Une seule boutique était ouverte, celle de Baba-Mustafa ; il s'y présenta à tout hasard.

— Brave homme, dit-il après lui avoir souhaité le bonjour, vous vous mettez au travail de bien bonne heure… Cependant vos yeux ne doivent plus être assez bons pour que vous puissiez coudre !

— Il n'y a pas bien longtemps, répondit le savetier, j'ai cousu un mort en un endroit où il ne faisait pas beaucoup plus clair qu'en ce moment-ci !

Persuadé qu'il était en bonne voie, le voleur tira une pièce d'or de sa poche et, la remettant à Baba-Mustafa, le pria de lui indiquer dans quelle maison il avait cousu le mort.

— Cela m'est impossible, dit Baba-Mustafa, pour la bonne raison qu'on m'a bandé les yeux, à un certain endroit du chemin ; de là on m'a conduit dans la maison, et l'on m'en a ramené de la même manière.

Les bandits exterminèrent Kassim sans pitié.

— Écoutez, reprit le voleur ; venez avec moi jusqu'à l'endroit où l'on vous a bandé les yeux. Je vous les banderai à mon tour, et sans nul doute, vous vous souviendrez alors des tours et des détours qu'on vous fit prendre. Voici d'ores et déjà une autre pièce d'or.

Morgiane alla trouver un vieux savetier.

Baba-Mustafa ne put résister à la tentation et conduisit le voleur devant la maison de Kassim, qui appartenait maintenant à Ali-Baba. Le brigand traça hâtivement une marque à la craie sur la porte, puis, retirant le mouchoir qui bandait les yeux du savetier :

— Sais-tu qui habite en cette maison ?

— Je ne suis pas du quartier, répondit Baba-Mustafa, et ne puis par conséquent vous renseigner…

Le voleur remercia le vieillard et ils se séparèrent. Presque aussitôt, Morgiane sortit de la demeure d'Ali-Baba. Elle aperçut la marque tracée sur la porte.

— Qu'est-ce que cela signifie ? pensa-t-elle. Dans quel but a-t-on fait cette marque ? En tout cas on ne saurait prendre trop de précautions.

Toujours avisée, elle marqua de la même façon et au même endroit, avec de la craie, les deux ou trois portes qui précédaient et suivaient celle de la maison d'Ali-Baba, et qui étaient absolument semblables. Elle n'en parla ni à son maître, ni à sa maîtresse.

Pendant ce temps, le voleur avait rejoint sa troupe dans la forêt et sans

Quand les quarante voleurs revinrent à leur repaire, ils furent désagréablement surpris…

perdre de temps ils entrèrent dans la ville. Le chef des

voleurs, guidé par celui qui avait dirigé l'enquête, arriva devant la première porte marquée par Morgiane.

— C'est ici ! dit-il à son maître.

Mais comme ils continuaient à chevaucher, afin de ne pas attirer l'attention sur eux, le chef fit remarquer à son sous-ordre que les quatre ou cinq portes suivantes portaient la même marque.

…Venez avec moi jusqu'à l'endroit où l'on vous a bandé les yeux.

— Pourtant, capitaine, je n'en ai marqué qu'une seule ! Malheureusement, il m'est impossible de la distinguer des autres.

L'entreprise ayant avorté, les quarante voleurs revinrent dans la forêt ; séance tenante, le conducteur de l'enquête eut la tête tranchée. Aussitôt l'un d'eux proposa de reprendre la tâche de celui qui venait de périr, et il s'en fut à la ville.

Tout se passa de la même manière que la première fois : il corrompit Baba-Mustafa, qui le conduisit à la demeure d'Ali-Baba. Comme son prédécesseur, il fit une marque à la porte mais, au lieu d'employer de la craie, il la traça au crayon rouge et dans un endroit moins apparent.

Comme la veille, Morgiane sortit de la maison quelques instants après et, quand elle y rentra, la marque rouge frappa sa vue. Elle s'empressa d'aller marquer les portes voisines.

La tentative des brigands échoua de nouveau, et ils se retirèrent dans la forêt où le voleur qui avait commis la méprise subit le même châtiment que son camarade.

Le chef de la bande résolut alors de conduire lui-même l'enquête. Quand Baba-Mustafa l'eut amené devant la maison d'Ali-Baba, il l'examina si minutieusement qu'il fut bien sûr de la reconnaître.

Ses hommes l'attendaient dans la grotte. Il les chargea d'acheter dix-neuf mulets et trente-huit outres dont une seule remplie d'huile. Dans chacune des trente-sept outres vides frottées d'huile à l'extérieur, afin que personne ne doutât qu'elles ne fussent pleines, le chef fit entrer un des voleurs et conduisit le convoi tout droit à la maison d'Ali-Baba. Justement celui-ci prenait le frais à sa porte, après le dîner.

— Seigneur, lui dit-il, j'arrive de bien loin avec ce chargement d'huile que j'irai vendre demain au marché. Il est tard, je ne sais où me loger et je vous serais très obligé, si cela ne vous dérange pas trop, de vouloir bien me recevoir chez vous !

—
Entre
z   !
répon
dit
Ali-
Baba
sans
hésita
tion,
soyez
le
bienv
enu.

Il
com
mand
a à un

Le brigand traça hâtivement une marque sur la porte.

de ses esclaves de mettre les mulets à l'abri. Ensuite, il pria Morgiane de préparer à souper pour son hôte, et lui tint même compagnie tout le long du repas. Le dîner terminé, Ali-Baba alla à la cuisine et dit à Morgiane :

— Demain j'irai au bain avant le jour, fais-moi donc un bon bouillon, que je prendrai à mon retour !

Pendant ce temps, le chef des brigands s'était glissé dans la cour.

— Lorsque je jetterai des petites pierres de la chambre où je suis logé, dit-il tout bas à chacun, vous fendrez l'outre du haut en bas avec le couteau dont vous êtes armés. Vous en sortirez aussitôt…

Quant à Morgiane, elle mit le pot-au-feu pour faire le bouillon. Elle était en train de l'écumer, quand la lampe s'éteignit ; elle s'aperçut que sa provision d'huile était épuisée, ainsi que la chandelle. Elle résolut de prendre un peu d'huile dans l'une des outres de l'hôte de son maître.

Elle alla dans la cour et s'approcha du premier récipient ; mais elle demeura stupéfaite en entendant une voix étouffée qui demandait :

« Est-ce le moment ? »

Morgiane s'aperçut que cette question partait de l'intérieur de l'outre ; et, sans perdre sa présence d'esprit, elle répondit tout bas : « Non, pas encore… mais bientôt ! » À chaque outre elle reçut la même question et fit la même réponse. Quand elle fut à la dernière — la seule qui fût pleine d'huile — elle en emplit son vase et revint à la cuisine, persuadée que son maître avait donné asile à trente-huit voleurs.

Elle ralluma sa lampe, prit une grande chaudière et retourna dans la cour pour l'emplir d'huile à son tour. Puis elle la mit sur un grand feu, afin que le liquide bouillît rapidement et, dans chacune des outres contenant un voleur, elle versa l'huile toute bouillante, leur enlevant ainsi la vie sans qu'ils eussent le temps de se défendre.

Elle accomplit cela sans faire le moindre bruit, après quoi elle éteignit sa lampe et se posta à la fenêtre de la cuisine, pour observer ce qui allait se passer. Elle n'était pas là depuis un quart d'heure que le chef des voleurs donna le signal convenu en jetant des petites pierres. Ne percevant aucun bruit, il se précipita dans la cour, et, approchant des outres, une odeur d'huile chaude et de brûlé lui saisit les narines. Il comprit que son entreprise venait d'échouer une fois encore et qu'il n'avait plus qu'à fuir.

Au retour du bain, Ali-Baba ne manqua pas de se trouver surpris en voyant les outres d'huile dans la cour. Morgiane raconta alors à son maître ce qu'elle avait fait pendant la nuit, et le mit au courant des marques tracées sur la porte.

— Tout ceci, dit-elle en terminant, est l'œuvre des brigands de la forêt… Ce que je ne m'explique pas, c'est qu'il en manquait deux… Il faut donc vous méfier encore…

— Morgiane, répartit Ali-Baba, je n'oublierai jamais que je te dois la vie… Et, en attendant, je t'affranchis de l'esclavage !

— Seigneur, dit-il, j'arrive de bien loin avec ce chargement d'huile.

Aidé par Morgiane, Ali-Baba creusa au bout de son jardin une fosse immense, dans laquelle il enterra les corps des trente-sept voleurs, afin de ne pas éveiller l'attention de ses voisins ; puis il cacha les outres et les armes et fit vendre les mulets sur divers marchés.

Morgiane versa de l'huile bouillante dans chacune des outres.

Cependant le chef des voleurs ne se tint pas pour battu, et, de retour à la grotte, songea aux nouveaux moyens qu'il allait employer pour se débarrasser d'Ali-Baba. Dès le lendemain, il revint à la ville et se logea dans un khan (bazar), où il transporta de riches étoffes et des toiles fines qu'il trouva dans son repaire de la forêt. Puis il loua une boutique vis-à-vis de celle occupée naguère par Kassim et actuellement par le fils d'Ali-Baba.

Le chef des voleurs qui se faisait appeler Khodjah Houssain, ne tarda pas à se lier avec le jeune homme. Il poussa l'amabilité jusqu'à lui faire des cadeaux et des invitations. Le fils d'Ali-Baba se crut naturellement obligé de lui rendre ses politesses. Il consulta son père, qui lui dit de s'arranger pour faire le lendemain une promenade avec Khodjah Houssain et, au retour, de l'inviter à prendre place à sa table, ce qu'il fit, mais Houssain refusa de rester à souper, prétextant qu'il ne mangeait aucun mets salé.

— Qu'à cela ne tienne, reprit Ali-Baba, je vais donner les ordres nécessaires. Et il s'esquiva pour donner de nouveaux ordres à Morgiane.

Celle-ci ne cacha pas son mécontentement et se promit bien de connaître cet homme qui ne mangeait pas de sel. Dans ce but, elle aida Abdallah, l'esclave d'Ali-Baba, à porter les plats sur la table et elle reconnut tout de suite, malgré son déguisement, le chef des quarante voleurs, qui dissimulait un poignard sous son habit.

Le chef des voleurs ne tarda pas à se lier avec le fils d'Ali-Baba.

Je m'explique, maintenant, pourquoi le misérable ne veut pas manger de sel avec mon maître [1], il médite quelque mauvais coup… Heureusement, je suis là pour l'empêcher d'accomplir son dessein ! se dit Morgiane.

Elle se vêtit d'un costume de danseuse, et noua autour de sa taille une ceinture d'argent doré, où elle passa un poignard et, accompagnée d'Abdallah avec son tambour basque, pénétra dans la salle et exécuta plusieurs danses. Pour terminer, elle tira le poignard de sa ceinture et imagina des figures d'une diversité surprenante, feignant tour à tour de vouloir frapper un invisible spectateur.

Enfin, elle prit de la main gauche le tambour de basque des mains d'Abdallah, et le présenta à Khodjah tandis que, dans sa main droite, elle tenait le poignard. Khodjah Houssain avait déjà tiré sa bourse et se préparait à l'ouvrir quand Morgiane, en possession de tout son courage lui enfonça le poignard dans le cœur, si profondément que la mort fut instantanée.

Morgiane lui enfonça le poignard dans le cœur.

Dégrafant l'habit de Khodjah Houssain, elle montra à Ali-Baba le poignard dont il était armé.

— Comprenez-vous, maintenant, pourquoi votre hôte refusa de manger du sel avec vous ? Et ne reconnaissez-vous pas en lui le faux marchand d'huile, le chef des quarante voleurs ?

— Morgiane, répliqua Ali-Baba, je t'ai promis une récompense digne de tes bienfaits : je te choisis pour belle-fille !

Le fils d'Ali-Baba consentit volontiers à épouser Morgiane, et leurs noces furent célébrées quelques jours après.

Le faux Khodjah Houssain fut enterré secrètement dans la fosse qui contenait les corps de ses trente-sept complices.

Ali-Baba, ignorant toujours ce qu'étaient devenus les deux voleurs qui complétaient la bande, se garda de retourner à la grotte enchantée. Cependant, au bout d'un an, il entreprit le voyage en s'entourant de mille précautions. Il se présenta devant la porte et prononça le : « Sésame, ouvre-toi » ; aussitôt la porte s'ouvrit et un coup d'œil lui suffit pour se rendre compte que personne n'était entré depuis la mort du chef des brigands.

Et c'est ainsi que, de père en fils, dans la famille d'Ali-Baba, on se transmit le secret de ce fabuleux trésor, grâce auquel lui et ses descendants vécurent dans le luxe et la splendeur.

FIN

1. ↑ En effet, il est une tradition chez les Arabes et les Musulmans qui veut qu'on ne mange pas de sel avec ses ennemis.